ADIVINA CUÁNTAS ADIVINANZAS ADIVINARÁS

Recopilación y redacción: Nathalie Pons
Ilustraciones: Màriam Ben-Arab

Dirección editorial: Jordi Induráin

Edición: Àngels Casanovas

Recopilación y redacción de adivinanzas: Nathalie Pons

Ilustración: Màriam Ben-Arab

Maquetación y preimpressión: Marc Monner

Diseño de cubierta: Isabel Colomer

Ilustración de cubierta: Màriam Ben-Arab

© 2012 Larousse Editorial, S.L.
Mallorca 45, 3a planta - 08029 Barcelona
Tel.: 93 241 35 05   Fax: 93 241 35 07
vox@vox.es – www.vox.es

ISBN: 978-84-9974-062-1
Depósito legal: B.9259-2012
1E11

A DIVINA CUÁNTAS DIVINANZAS DIVINARÁS

Recopilación y redacción: Nathalie Pons
Ilustraciones: Màriam Ben-Arab

Las adivinanzas

Las adivinanzas son juegos de palabras en los que se dan pistas para ayudar a resolver un enigma. Se presenta la definición del objeto, sus rasgos más significativos, y la solución es siempre una única respuesta, que generalmente está enmascarada.

Las adivinanzas pueden tratar sobre distintos temas. Algunas son más fáciles y otras, más difíciles, y es muy emocionante jugar a acertarlas ya que nos obliga a agudizar el ingenio y a incentivar la imaginación.

A menudo las adivinanzas se formulan en verso, y se utilizan recursos para orientar y desorientar. El juego consiste en sorprenderse y encontrar la solución. Es una manera de expresarse de forma imaginativa que potencia el uso del lenguaje.

Las adivinanzas populares nos han llegado por transmisión oral, y es importante que continuemos usándolas y transmitiéndolas, ya que enriquecen nuestro lenguaje.

Crea tus propias adivinanzas

Para hacer una adivinanza se utilizan recursos como la comparación, la descripción o la rima, que la acercan al lenguaje poético.

Para empezar es necesario que escojas un objeto, un animal o cualquier cosa que quieras. Después tienes que decir cómo es, y también puedes compararlo con alguna cosa u objeto parecido…Si, además, consigues escribirlo en forma de verso, quedará mucho mejor.

Recuerda que tienes que dar pistas, pero intenta que no sean demasiado fáciles o evidentes. Se trata de jugar a disfrazar con palabras alguna cosa.

Por ejemplo, si escoges un animal, tendrás que darnos alguna característica que responda a las siguientes preguntas:

* ¿Cómo es? Pequeño, grande...

* ¿Cómo tiene el cuerpo? Cubierto de pelo, de plumas...

* ¿Qué come? Hierba, carne......

* ¿Cómo se desplaza? Vuela, nada, salta...

Y después hacer comparaciones a partir de una característica que le sea propia: pequeño como un huevo, grande como un gigante...

Aquí tienes un ejemplo:

Sal al campo por las noches
si me quieres conocer,
soy señor de grandes ojos,
cara seria y gran saber.

¿Has adivinado de qué animal se trata?
Si lo quieres saber, encontrarás la solución
en la página dónde hay una bruja que
prepara una poción mágica.

1

Soy una princesa alada,
muy coloreada.
Tengo una trompa alargada
que, cuando vuelo, llevo enrollada.

2 Suave como un peluche,
la zanahoria guardo en mi buche.
Me gusta saltar y jugar,
y de la jaula escapar.

En lo alto vive,
en lo alto mora,
en lo alto teje
la tejedora.

Por un caminito adelante
va caminando un bicho
y el nombre de ese bicho
ya te lo he dicho.

5 Soy roja como un rubí
y llevo pintitas negras,
me encuentro en el jardín,
en las plantas o en las hierbas.

A cuestas llevo mi casa.
Camino sin tener patas.
Por donde mi cuerpo pasa
queda un hilillo de plata.

No tengo cabeza, pero llevo sombrero,
sin pies me mantengo erguido.
En los bosques me aglomero,
por los duendes soy muy querido.

7

Nariz afilada,
cola erizada;
si se acerca al gallinero,
arma un buen revuelo.

8

9

Adivina quién soy,
cuando voy, vengo,
y cuando vengo, voy.

10 Soy pequeño y alargado,
en dos conchas colocado;
como no puedo nadar,
me pego a las rocas del mar.

No lo parezco y soy pez,
y mi forma refleja
una pieza de ajedrez.

11

Cinco brazos, no te miento,
habita siempre en el mar;
aunque la puedes hallar
de noche en el firmamento.

12

13 **Con su gran abrigo blanco
sale a pasear y a cazar.
Pesca peces en un agujero
a temperaturas bajo cero.**

Un abrigo de grasa
la envuelve y la cubre.
Bigotuda y peluda,
asusta con su dentadura.

Un puente de siete colores
que nunca podrás coger,
con el sol y la lluvia lo ves,
parece una u al revés.

15

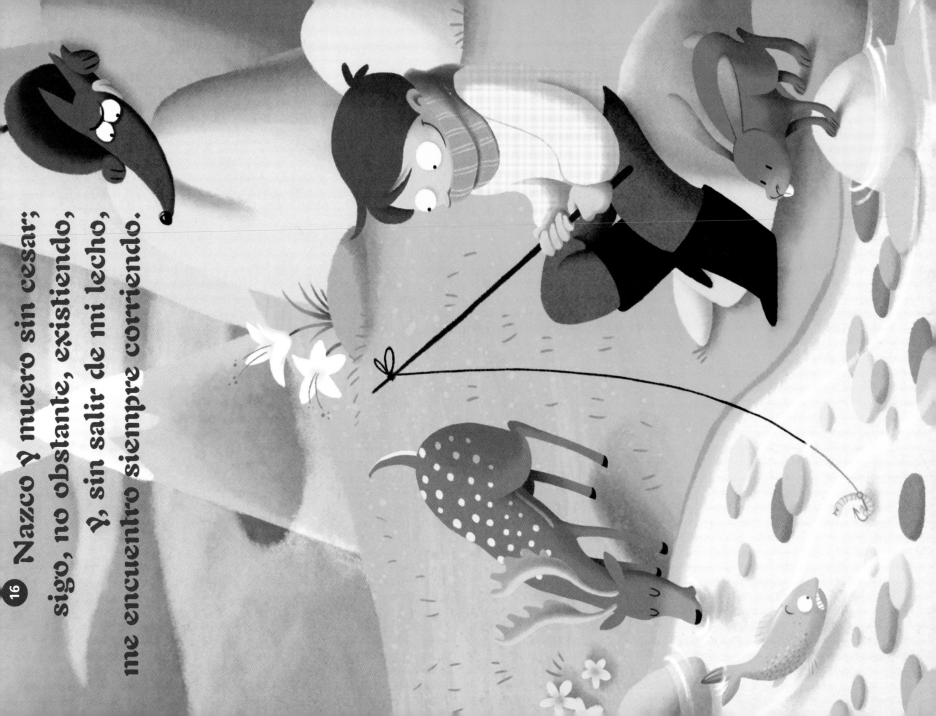

16 Nazco y muero sin cesar;
sigo, no obstante, existiendo,
y, sin salir de mi lecho,
me encuentro siempre corriendo.

17 De un árbol colgada,
es larga y delgada.
Pero si está enrollada,
parece una ensaimada.

A los árboles me subo,
de las lianas me cuelgo.
Tengo la cola alargada
y me columpio de rama en rama.

18

Con el barro juega
y en el agua se remoja.
Tiene la boca grande
y las orejas pequeñas.
Grande y perezoso,
no parece peligroso.

19

20 Vestida en pijama,
se pasea por la sabana.
Lleva la crin cepillada
y la espalda rallada.

Lugar profundo,
oscuro y húmedo,
donde un cubo baja riendo
y sube llorando.

En los desiertos de oriente
se pasea el más valiente.
Es bastante pequeño
y en su cola lleva el veneno.

23

Por las barandas del cielo
se pasea una doncella,
vestida de azul y blanco,
reluce como una estrella.

Siempre quietas,
siempre inquietas,
de día dormidas,
de noche despiertas.

24

Como una culebra,
    soy larga, muy larga,
me enrosco en el cuello,
    doy vueltas y cuelgo.
¿Quién soy?

25

XAP!

26 Unas bolas heladas
muy bien decoradas.
Con la nieve se hace,
con el Sol se deshace.

27 Parece la pupa de una oruga
o el sarcófago de un faraón.

Dentro, muy calentito,
dormirás como un lirón.

Brilla como una estrella
y en tu mano se pasea.
Por el bosque te conducirá
y a casa de nuevo te llevará.

Oro parece,
plata no es;
el que no lo adivine,
bien tonto es.

29

Vestida con siete velos,
acompaña a los que lloran.
Cruda te hace picar.
guisada no puede picar.

30

Sube y baja
y nunca se cansa.
En cada viaje,
deja pasajero y equipaje.

31

¿Qué animal de buen olfato,
cazador dentro de casa,
rincón por rincón repasa
y lame, si pilla, un plato?

32

Con dos o cuatro ruedas,
te paseas por las aceras.
Con manillar y sin asiento,
en las subidas te deja sin aliento.

33

Sirve para aprender y soñar,
para reír y llorar.
Dentro hay ilustraciones,
letras, comas, puntos y guiones.

34

Tendrás que mirar y disparar,
pero no sirve para cazar.
Con ella capturarás
lo que quieras recordar.

35

Ayer vestido de plata,
hoy de papel blanco o transparente,
abraza al jamón y al tomate
y a veces también al chocolate.

36

Con su nave espacial
se pasea por el espacio sideral.
Por la luna va flotando
y por las estrellas viajando.

37

Navega por los siete mares
con todo tipo de naves.
Capea los temporales

y evita las tempestades.
Siempre a motor o vela,
a su paso deja una estela.

39

Doy calorcito,
soy muy redondo,
salgo tempranito
y por la tarde me escondo.

Un cono de bizcocho
40   con un sombrero coronado,
redondo y coloreado,
gotea y se deshace.

Como una tela de araña,
se enreda en una caña.
Parece de algodón,
blanco o rosa, y es muy dulzón.

41

Coches, animales y camiones
motos, helicópteros y aviones,
se mueven siempre adelante
entre música de baile,
y pasan las horas girando,
subiendo y bajando.

42

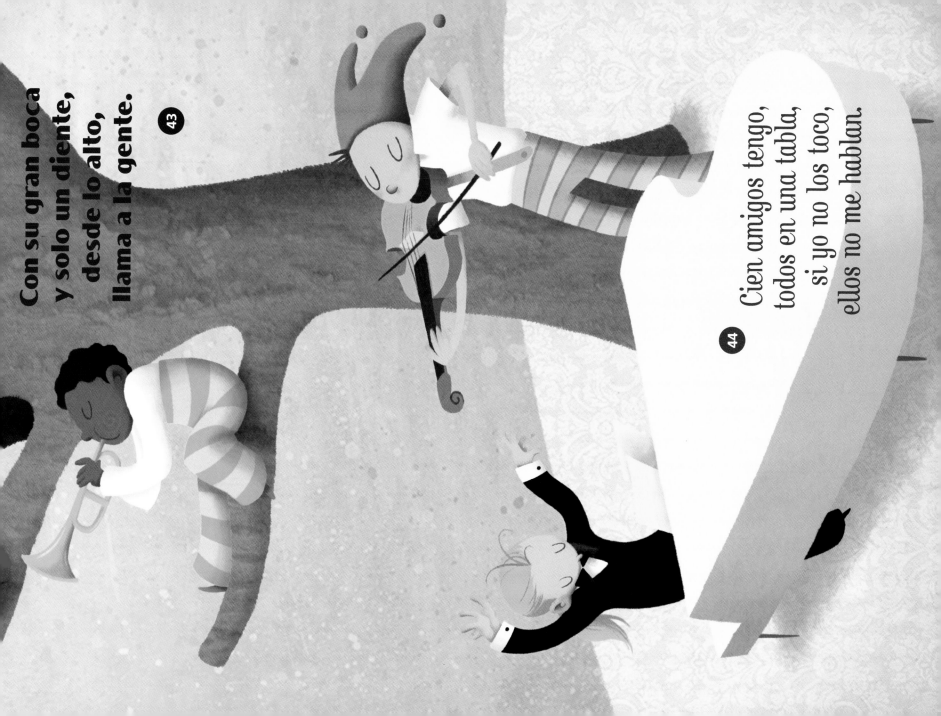

Con su gran boca
y solo un diente,
desde lo alto,
llama a la gente.

43

Cien amigos tengo,
todos en una tabla,
si yo no los toco,
ellos no me hablan.

44

45

Si vas a París,
verás una torre gris.
Esbelta y alargada,
es la más fotografiada.

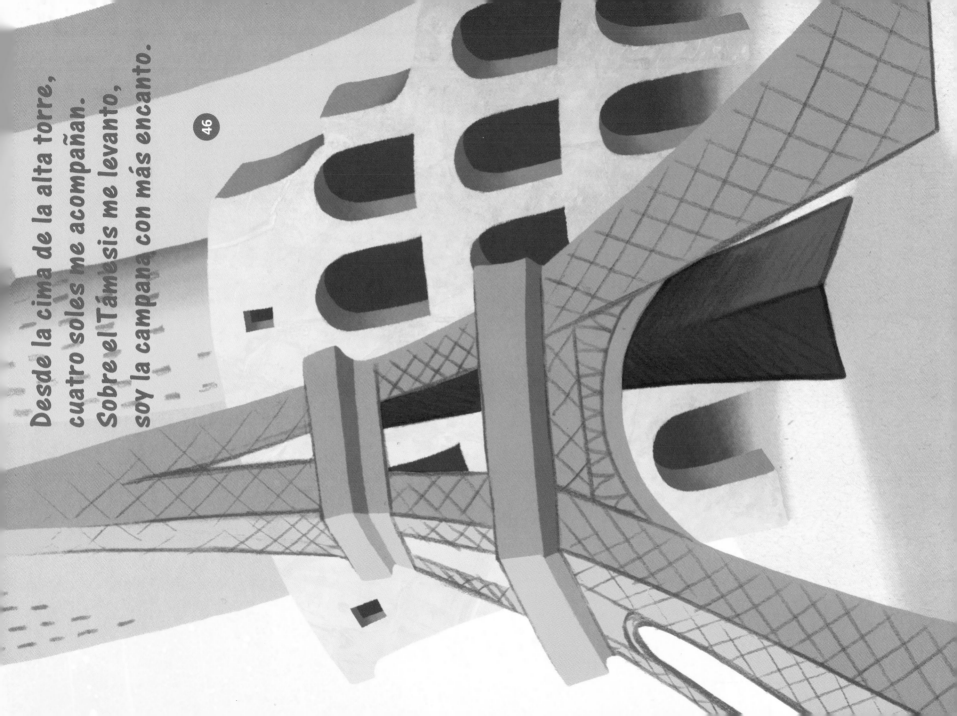

Desde la cima de la alta torre,
cuatro soles me acompañan.
Sobre el Támesis me levanto,
soy la campana con más encanto.

46

47 Un cofre con rica plata,
repleto de oro y perlas,
si descifras bien el mapa,
lo encuentras y te lo quedas.

Sobre fondo de negro azabache
luce tibias y calavera,
por los siete mares navega
y saluda mientras ondea:
¡Al abordaje!

Su nariz crecía
cada vez que mentía.
El muñeco de madera y articulado
en niño se ha transformado.

49

De rojo me cubro
sin ser amapola,
mi abuela y el lobo
completan la historia.

50

51

Todo cubierto
con traje blanco.
Cuando aparezco,
a todos espanto.

Entre pócimas y ungüentos,
y algún que otro maleficio,
ser la mala de los cuentos
ha sido siempre su oficio.

52

53

Mecha, pólvora y chispa,
humo, colores y estruendo.
Aunque como un relámpago brilla,
no pienses que es el trueno.

Se guardan en el desván
viejas sillas y perchas rotas.
Las sacamos en San Juan
y con sus llamas de cien colores
se ilumina la noche más corta.

Tres caballeros coronados,
cargados con bellos tesoros,
siguen una estrella
que a Belén los lleva.

55

Dentro de un sobre mágico
viaja sin sello ni dirección.
Cada diciembre los niños la escriben
siempre con gran ilusión.

Soluciones

1. La mariposa
2. El conejo
3. La araña
4. La vaca
5. La mariquita
6. El caracol
7. La seta
8. El zorro
9. El cangrejo
10. El mejillón
11. El caballito de mar
12. La estrella de mar
12. El oso polar
14. La morsa
15. El arco iris
16. El río
17. La serpiente
18. El mono
19. El hipopótamo
20. La cebra
21. El pozo
22. El escorpión
23. La Luna
24. Las estrellas
25. La bufanda
26. El muñeco de nieve
27. El saco de dormir
28. La linterna
29. El plátano

2'00